Ye

26113

ÉPITRE A ROME

SUR LE

CÉLIBAT DES PRÊTRES.

Crescite et multiplicamini.

—

PARIS,

CHEZ LES MARCHANDS DE NOUVEAUTÉS.

—

1830.

✻

IMPRIMERIE DE GUIRAUDET,
RUE SAINT-HONORÉ, N° 315.

✻

INTRODUCTION.

—

Nos yeux sont-ils ouverts enfin? L'étonnante révolution dont nous venons de sortir si glorieusement a-t-elle achevé de les désiller, et commençons-nous à reconnaître que les obstacles que nous avons rencontrés dans l'établissement de notre régime constitutionnel nous venaient en grande partie de notre clergé?

Mais ne devions-nous pas nous y attendre? et pouvions-nous raisonnablement espérer que nos prêtres, isolés de nous comme ils le sont, et placés, par la loi du célibat, en dehors de notre ordre social, accepteraient sans difficultés une constitution, qui, en consacrant l'égalité des droits, consacrait aussi la liberté de tous les cultes, et qui, par là notamment, blessait leur intérêt personnel, et sapait les fondements de leur existence particulière? Non, ce qu'ils ont fait devait nécessairement arriver, et tant que nous leur fournirons les mêmes prétextes d'opposition, nous serons sûrs de les rencontrer toujours sur notre chemin.

Aujourd'hui que notre nouvelle charte vient encore à cet égard renchérir sur la première, nous devons nous attendre à une plus forte, à une plus opiniâtre résistance de leur part, et il devient urgent de la prévenir.

Lorsque les Anglais songèrent à fonder chez eux leur liberté, ils songèrent d'abord à affranchir leur clergé de la loi du célibat, et alors, bien loin de leur nuire, leurs prêtres firent spontanément cause commune avec eux.

Voulons-nous aussi attacher réellement les nôtres à notre nouveau régime? voulons-nous qu'ils se soumettent sans peine à des lois qui nous conviennent et que nous prétendons leur imposer, ôtons-leur tout sujet de se plaindre, en les réintégrant dans tous les droits du citoyen dont ils jouissaient jadis et dont ils n'auraient jamais dû être privés ; enfin, lorsque nous voulons les assujettir à tous nos devoirs, soyons assez justes pour les faire participer aussi à tous nos avantages.

Tout nous commande d'abolir chez nous la monstrueuse loi du célibat des prêtres. Elle est contre nature ! elle est impolitique ! elle est surtout impie et irréligieuse, puisqu'elle établit en principe que l'homme peut être souillé par un sacrement aussi saint que celui du mariage ! Ajoutons qu'elle est ridicule, et même qu'elle prête au sarcasme : car on pourrait dire aussi qu'elle est érotique ! Abolissons-là, oui, abolissons-la, sans hésiter, et rendons ainsi à l'état une multitude d'hommes habiles, instruits et éclairés !

Et du haut des cieux le génie de la France, applaudissant à notre résolution, s'approchera du souverain ordonnateur des mondes et lui dira :

Dieu puissant ! plusieurs de tes enfants chrétiens, égarés par leur orgueil, ont eu la vanité de se croire encore plus sages que toi ! Dans l'excès de leur délire, ils ont osé s'imposer à eux-mêmes des sacrifices que tu ne leur demandais pas, et qui devaient évidemment contrarier tes augustes, tes impénétrables desseins. Devenus plus éclairés, et surtout plus humbles, ils reconnaissent aujourd'hui leurs erreurs, ils les abjurent, et, prosternés au pied de tes autels, tous se réunissent pour s'écrier avec toi :

Crescite et multiplicamini !

LE CÉLIBAT DES PRÊTRES.

L'ai-je donc entendu ? quoi, l'homme n'est plus homme !
Des prêtres ont pu dire au prêtre : Fils de l'homme,
Sans être criminel, tu ne peux à ton tour
Reconnaître des fils, objets de ton amour !
Au milieu des cités, au sein de la campagne,
Tu ne pourras aimer, choisir une compagne;
A vivre isolément par Rome destiné,
Au triste célibat par nos voix condamné,
Du sacerdoce antique ambitieux contraste,
Tu feras avec nous une stérile caste !
Indifférent pour tous et de tous détaché,
Rien ne retentira dans ton cœur desséché;
Sourd au vœu de l'amour, privé de sa liesse,
Au moment du trépas, nul accent de tendresse,
Pour adoucir tes maux, sur ton lit de douleur,
Ne viendra prononcer l'adieu consolateur.
De l'arbre social comme branche inutile,
Deviens le paria de la Gaule fertile;
Et seul des fils d'Adam, déshérité, proscrit,
Sois enfin le Caïn qu'un père aurait maudit ! ! !
Non, et le créateur n'a pas dû le permettre;
Comme tous les humains, il a formé le prêtre,

Et voulu qu'il soit homme à l'instar de son fils.
Rome, en défaisant l'homme, à ton Dieu tu mentis !
O contradiction ! ô conduite bizarre !
Tu te dis infaillible ! et tu deviens barbare !
Dans ta présomptueuse et mobile raison,
Tu sembles à plaisir raffiner le poison.
Tu veux que la nature à tes lois se conforme,
Que devant toi sa loi se taise ou se reforme !
Et tu n'aperçois pas que la nature et Dieu
Ne font qu'un pour ce monde, et n'ont qu'un même vœu !
Viens contempler les maux qu'engendre ta folie !
Vois les tristes effets de ta monomanie !
Ce prêtre, que tu veux réduire au célibat,
Malgré toi, malgré lui, devient un renégat.
Étranger aux liens qui forment les familles,
Il corrompt mon épouse, il pervertit mes filles ;
Pour cacher ses méfaits et ses folles ardeurs,
Il en fait avorter tous les fruits délateurs ;
Et quelquefois hélas ! immolant sa victime,
Il veut couvrir un crime avec un plus grand crime (1) !
Vois la concupiscence, ouvrant ses ateliers,
Régner effrontément au sein de tes foyers !
Tes moines, tes prélats, tes abbés à tonsure,
Prodiguer aux Phrynés le prix de leur luxure ;
Sans pudeur et sans frein, dépouillant leurs vertus,
Devant une madone encenser leurs Vénus ;
Puis en procession, armés chacun d'un cierge,
Nous montrer des élus courant de vierge en vierge.

(1) Mingrat, Contrafatto, Molitor; Frilay, et combien d'autres, eussent peut-être été de bons pères de famille et de dignes citoyens, sans la fatale loi du célibat !

Si le scandale ainsi déshonore l'autel,
Rome, c'est que le prêtre, ainsi que nous charnel,
Ne pouvant résister aux désirs qu'il endure,
Subit la loi de Dieu, la loi de la nature.
Tu prétends les dompter ! sois donc plus forte qu'eux ;
Fais que Dieu t'obéisse, et dis-lui : Je le veux.
Si non, sois conséquente ; arme-toi de tenailles ;
Au prêtre ose arracher jusques à ses entrailles !
Fais qu'il soit tout de marbre, en étant tout de chair ;
Exige qu'il respire, en le privant de l'air.
Défends au feu divin qui dans son sang circule
D'être un feu créateur qui l'agite et le brûle.
Que le prêtre l'éteigne ; et que, dès son berceau,
Sans faiblesse et sans chute, il arrive au tombeau !
Affranchis-le des maux inhérents à l'espèce ;
Qu'à nos infirmités jamais il ne s'abaisse.
Pourquoi, lorsque tu veux le rendre égal aux dieux,
Lui laisser des besoins inconnus dans les cieux ?
Ah ! plutôt, laisse l'homme être ce qu'il doit être ;
N'en fais plus un fantôme en en faisant un prêtre !
Consens qu'il ait aussi des enfants, des amis ;
Que dans ma fille il voie une épouse à son fils ;
Et que, par représaille, en respectant la mienne,
Il attende de moi du respect pour la sienne.
C'est à faux que, chez toi, ce concile égaré
A prétendu que Dieu serait mal honoré
Par un homme soumis aux humaines faiblesses,
Qui mêle à ses accents de profanes tendresses.
Profanes !!! Non : l'autel a sanctifié l'amour !
Pontife, comme à nous il t'a donné le jour !
Ne prête plus à Dieu ta propre inconséquence :
La versatilité n'est pas de la prudence.

Toujours l'encens offert par les mains d'un époux
S'éleva vers le Ciel et plus pur et plus doux
Que celui qui viendrait de cet hermaphrodite
Qui, n'osant être rien, n'est plus qu'un parasite.
Revois l'antiquité : nos patriarches saints,
Sur le haut de ce mont, entourés des essaims
De leurs nombreux enfants, de leur famille entière.
Le père était le prêtre ! entonnant la prière,
Il disait dans ses chants, modulés par le chœur :
« Grand Dieu ! toi de tous biens et la source et l'auteur,
« Féconde nos époux, et leurs fils, et leurs frères,
« Multiplie autour d'eux des filles et des mères,
« Afin que nous puissions, plus nombreux chaque jour,
« Par des millions de voix t'exprimer notre amour ! »
Rome, est-ce donc ainsi que parlent tes conciles ?
Loin de multiplier, ils rendent inutiles
Des hommes qui bientôt béniraient leur auteur,
Si tu n'en avais fait un dieu persécuteur !
Cesse de nous vanter ce rebelle collége :
Rome, ton célibat, voilà le sacrilége.
Lorsque tu le prescris, tu trahis Dieu, sa loi ;
Et celui qui le rompt, moins coupable que toi,
Peut du moins opposer à ton criant murmure
L'empire de ses sens, le vœu de la nature !
Ah ! tandis qu'Abraham, au pied du saint autel,
Dans son fils Isaac pouvait à l'Éternel
Offrir le plus touchant de tous les sacrifices !
Dis-moi, Rome, dis-moi, du sein de tes offices,
Quel holocauste pur jaillirait aujourd'hui
De ce prêtre égoïste, et qui vit seul en lui ?
Non, la religion ne voit plus d'interprète ;
Ses temples sont muets, nulle voix n'y répète :

Si l'idolâtre même apparaît à ses yeux,
Il s'écrie : Ah ! du moins il est religieux !
Par la sainte onction de sa voix pastorale
De Jésus dans nos cœurs pénètre la morale;
Des devoirs du chrétien il nous fait un plaisir;
Près de lui vers le temple on nous voit accourir;
Là, paré de ses fils, au pied des saintes arches,
Il nous fait remonter aux temps des patriarches.
Voilà, Rome, voilà le prêtre qu'il nous faut.
Nous l'appelions tout bas, nous l'appelons tout haut !
Oui, nous osons ici dire au prince, au conclave :
Il est non loin de vous un schisme qui vous brave;
Sur un point capital dirigeant tous ses coups,
Par ce point il prétend nous détacher de vous.
Dans votre célibat il vous voit vulnérables;
Par votre célibat il vous croit périssables !
Le danger est pressant; l'Église est en péril !
Rome, il faut la soustraire au pouvoir du gentil,
Abolir cette loi, de l'homme destructive,
Et nous rendre à jamais l'Église primitive ! ! !

G. P. LEGRET.

Juin 1830.

LA PASCALINE.

—

EXAMEN

SOUTENU PAR UN NOVICE

DEVANT

LE SUPÉRIEUR DES JÉSUITES.

———————

Air : du vaudeville de *la Vallée de Barcelonette.*

Père, devant toi me voilà.
  Je suis un néophyte
Sous l'étendard de Loyola,
  Mince clerc à la suite;
Dans mes désirs ambitieux
Je te promets un zèle triple.
En tout je ferai de mon mieux
  Pour être ton disciple.

— Mais savez-vous bien, mon enfant,
  Qu'il faut un grand mérite,
Et surtout être éminemment
  Faux, méchant, hypocrite?
— Je sais voir et fermer les yeux,
Je marche sous un voile triple!
— *Escobar* ne dirait pas mieux;
  Vous serez mon disciple.

Jurer *oui* lorsqu'on pense *non*
Est chose peu loyale :
L'adopteriez-vous sous ce nom,
   Restriction mentale ?
— Oui, tout serment fallacieux
Au besoin je le ferais triple.
— *Molina* ne dirait pas mieux ;
   Vous serez mon disciple.

— De la Sainte-Inquisition
   Seriez-vous un apôtre,
Prêt à mettre en combustion
   Juif, chrétien, ou tout autre?
— De ces bûchers religieux
Par moi le nombre serait triple.
— *Malagrida* n'eût pas dit mieux ;
   Vous serez mon disciple.

Pour une Saint-Barthélemy
   Fomentateur habile,
Seriez-vous un ardent ami
   De la guerre civile?
— On m'y verrait doux, furieux
Comme un tartufe à face triple.
— *Aquaviva* n'a pas dit mieux ;
   Vous serez mon disciple.

D'un hérétique souverain
   Sauriez-vous vous défaire,

En plongeant jusque dans son sein
   Votre arme meurtrière?
— Oui, mon poignard dévotieux
Aurait pour lui la pointe triple.
— *Ravaillac* n'a jamais dit mieux;
   Vous serez mon disciple.

Sauriez-vous, en confession
   Auprès des rois malades,
N'accorder l'absolution
   Que pour des dragonades?
— Oui, je leur montrerais le ciel
Pour eux ouvert à porte triple.
— *Lachaise* y mettait plus de fiel;
   Il était mon disciple.

Directeur des enseignements,
   Sauriez-vous par souplesse,
En suivant de faux errements,
   Égarer la jeunesse?
— De la nature et de ses droits
J'étoufferais la voix multiple.
— Bravo!!! mon enfant, mille fois;
   Vous serez mon disciple.

Sauriez-vous, n'ayant foi ni loi,
   Sous un nouveau capuce,
Devenu père de la foi,
   Conserver notre astuce?

— Toujours jésuite et factieux,
Je serais moine, et moine triple.
— *Paccanari* n'a pas dit mieux ;
Vous serez mon disciple.

— Je saurais, de mœurs dissolu,
Pervertir l'innocence,
Et, pleine du fruit défendu,
L'égorger en silence.
Et puis, sur nos luxurieux
J'appellerais un foudre triple.
Mingrat a-t-il dit ou fait mieux,
Et suis-je un bon disciple ?

Et je saurais, n'en doutez pas,
Dans mon incontinence,
Outrager de faibles appas,
Sans respect pour l'enfance ;
Puis à l'autel presque aussitôt
J'irais ouvrir la sainte table.
— Ah ! mon fils ! à Contrafatto
Vous seriez comparable !

Des philosophes en crédit
Commentateur perfide,
Sauriez-vous, tronquant un écrit,
Y voir le déicide ?
— Oui, jusqu'à ceux de *Fénelon*
Seraient l'objet de ma critique.

— Mon fils, vous serez grand cordon
   Dans l'ordre fanatique.

Sauriez-vous, franc ultramontain,
   N'avoir d'obéissance
Que pour Rome et son souverain,
   Même au sein de la France ?
— Maître des rois, maître des cieux,
Le pape met tout à sa suite.
— *La Mennais* ne disait pas mieux.
   Je vous reçois jésuite.

— Grand merci, mon père. A présent,
   Dans ma sollicitude,
Je veux qu'un avertissement
   Prouve ma gratitude.
Quand vous transformez en héros
Des monstres en crimes célèbres,
On croit voir en vous les suppôts
   De l'ange des ténèbres.

Si l'on me condamnait ici
   Pour ces strophes sévères,
Il faudrait condamner aussi
   Des nations entières.
Rome elle-même nous l'a dit,
Dans sa juste et sainte colère :
Jésuite et le malin esprit
   Ne font qu'un sur la terre.

Peuples, enfin, vous connaissez
  Ces démons pleins d'adresse.
Cent fois vous les avez chassés,
  Ils reviennent sans cesse !
Croyez-moi, pour les disperser
Au goupillon recourez vite,
Et tâchez de les expulser
  A force d'eau bénite.

G. P. LEGRET.

www.ingramcontent.com/pod-product-compliance
Lightning Source LLC
Chambersburg PA
CBHW051503060726
47596CB00007B/2894